回家

——戴錦綢詩集

含 笑 詩 叢

「含笑詩叢」總序／含笑含義

叢書策劃／李魁賢

含笑最美，起自內心的喜悅，形之於外，具有動人的感染力。蒙娜麗莎之美、之吸引人，在於含笑默默，蘊藉深情。

含笑最容易聯想到含笑花，幼時常住淡水鄉下，庭院有一欉含笑花，每天清晨花開，藏在葉間，不顯露，徐風吹來，幽香四播。祖母在打掃庭院時，會摘一兩朵，插在髮髻，整日香伴。

及長，偶讀禪宗著名公案，迦葉尊者拈花含笑，隱示彼此間心領神會，思意相通，啟人深思體會，何需言詮。

詩，不外如此這般！詩之美，在於矜持、含蓄，而不喜形於色。歡喜藏在內心，以靈氣散發，輻射透入讀者心裡，達成感性傳遞。

詩，也像含笑花，常隱藏在葉下，清晨播送香氣，引人探尋，芬芳何處。然而花含笑自在，不在乎誰在探尋，目的何在，真心假意，各隨自然，自適自如，無故意，無顧忌。

詩，亦深涵禪意，端在頓悟，不需說三道四，言在意中，意在象中，象在若隱若現的含笑之中。

含笑詩叢為臺灣女詩人作品集匯，各具特色，而共通點在

於其人其詩，含笑不喧，深情有意，款款動人。

　　【含笑詩叢】策畫與命名的含義區區在此，幸而能獲得女詩人呼應，特此含笑致意、致謝！同時感謝秀威識貨相挺，讓含笑花詩香四溢！

自序

在醫院中工作了近四十年，從台北榮總的外科病房到內外雜科病房再到手術室八年，又在成大醫院泌尿科的檢查室從事三十一年，退休後有幸接觸到泌尿科及小兒科診所的業務，也經歷過棘手的SARS病毒及新冠肺炎病毒肆虐危害全球，這麼多年接觸到許許多多的人，聽到許許多多的故事，喜樂的；悲傷的；痛苦的都有，所以，一直有個心願，希望透過自己有限的文字，來幫忙這些人表達一些心聲。

早期工作會接觸許多年紀大的榮民伯伯，他們年紀很小就離開家鄉，參與了一場又一場的戰爭，輾轉來到台灣，有成家立業開枝散葉的人還好，至少已擁有自己的家和家人，對於故鄉的思念較少，許多期盼很快就能回故鄉的人，想著回故鄉再成家，希望有父母的見證和祝福，就這樣孤獨一輩子，回家變成他最深切的期盼。而有些人卻是重病以後，回家變成一條遙遠的路，有些人在生命的最後一刻，希望回到自己的家再看看，有些人根本離不開醫院回家，有些人雖可離開醫院回家，卻因為病情需要在養護中心受照顧，家就離得越來越遠了。曾經在工作的病房中聽聞一件靈異事件，一個年紀輕輕就癌末過世的人，當天午夜他所在病床的呼喚鈴，在無人按

響時多次響起，直到護理人員試著向空床說：「你家人都回去了，你可回家了」，之後呼喚鈴不再響起，這真的不是在說鬼故事，只是要表達，一個生病的人，「回家」對他們來說是，一件多麼重要和多麼希冀的事，但「回家」也可能是一條遙不可及的路。

這本詩集我嘗試以華、台兩種語言來呈現，希望能激發出一種不同的味道，其實我覺得有些詩如以台語來書寫，在情感的表達會更豐沛，這本詩集委託台語學者方耀乾協助台語的翻譯，非常感謝方老師花了很多時間幫忙，當然我也努力與期許將來自己也能用流利的台語來寫作。

從偶而寫寫詩，到去參加幾個國家的國際詩歌節，再後來第一本詩集的誕生，這是我的第三本詩集，做為一個本來只會做醫療工作的工具人，是一件非常不可思議的事，而最感激的是我遇到一個很棒的產科聖手，幫我不斷的催生，我才能生出這幾本詩集，所以，在此非常感謝李魁賢老師，在他的鼓勵下我才能踏入詩的領域，更謝謝李老師的努力爭取和安排，才能讓我的詩集能順利產出。

目　次

回家

012

回家

不夜城的加護病房迷宮裡
被困住的靈魂
企圖找尋光明的出口
沒有焦距的眼神
在訴說一種眷戀

窗外鳳凰花囂張
總是吸引一種注目
遠方傳來的蟬鳴
一陣一陣穿入
與呼吸器共鳴
宣示離別的號角
逐漸模糊的心智
還是有一點渴望

回家動詞已經成為名詞
有如手中的風
越飄越遠

終於靜止在虛空中
只遺一抹希冀在
在找不到出口的迷宮中
不斷飄蕩

於2022.03.03

轉去

不夜城的加護病房迷宮裡
予人監禁的靈魂
想欲走揣光明的出口
無焦點的眼神
咧言說一種留戀

窗外的鳳凰花當風神
總是會噠人注目
遠遠傳來的蟬仔聲
一陣一陣貫入耳
和呼吸器共鳴
宣示離別的號角
慢慢霧去的心智
猶有一點點向望

轉去已經變成名詞
親像手中的風
愈漂浪愈遠

最後停佇虛空中
只賰一絲仔向望佇咧
佇揣袂著出口的迷宮裡
無停咧漂浪

佇2022.03.03

回家2

離家時方十五

母親的眼裡有著不捨

誓言早日歸鄉

打了無數次仗

走過無數個別人的故鄉

卻從未走近自己的故鄉

母親的臉逐漸模糊

自己心中總有個回不去的故鄉

終於可以回家探親

母親的墳上的草卻已高

老弱的身軀留在異鄉

望著病房外的蕭瑟

不知那條是回家的路

家在故鄉還是異鄉

於2022.12.22

轉去2

離開厝的時才十五

阿母的目睭裡有毋甘

我咒誓欲早日回鄉

經過無數次的戰爭

行過無數的異鄉

煞從來毋捌親近家己的故鄉

阿母的面漸漸霧去

心內總有一个欶當轉去的故鄉

總算會當轉去看親人

阿母的墓草已經發較真懸

老病的身軀留佇異鄉

看著病房外的拋荒

毋知佗一條是轉去的路

家是佇故鄉抑是異鄉

佇2022.12.22

回家3

年輕時意氣高昂

最高學府的光芒閃爍

披著戰袍遠渡重洋

異鄉的氛圍

增強愛鄉的情懷

卻不知身成黑名單一名

從此國門邁不入

家門回不了

母親的臉見不著

隻言片語如此珍貴

三十年匆匆

母子的相逢竟在病床旁

遊子的淚喚不醒憔悴的容顏

輕輕撫著那枯瘦的雙手

媽媽！

我回家了

於2022.12.22

轉去3

少年的時氣概萬千

上懸學府的光環閃爍

披上戰袍出帆外洋

異鄉的氛圍

加強愛鄉的情懷

煞無知覺著成做烏名單一名

從此國門踏袂入

家門也踏袂入

阿母的面見袂著

一言半語是如此珍貴

三十年一目瞷過去

母仔囝的相逢竟然佇病床邊

遊子的目屎叫袂轉憔悴的面容

輕輕摸彼雙焦瘦的手

阿母！

不孝囝轉來矣

佇2022.12.22

回家4

第一次上帝捎來訊息
因為身強力壯忽略它
第二次上帝捎來訊息
因為自覺健康忽略它
第三次上帝捎來訊息
因為自覺無恙忽略它
上帝捎來無數次訊息
逐漸淹沒在風花雪月中
逐漸淹沒在衣食住行中
逐漸淹沒在自我中
終於撒旦接手捎來訊息
屈服了
認真看待它了
不甘心了
那條回家的路卻遠了
終成徘徊病房中的一縷幽魂

於2022.12.22

轉去4

第一擺上帝寄來消息

因為身體勇壯疏忽伊

第二擺上帝寄來消息

因為感覺健康疏忽伊

第三擺上帝寄來消息

因為自覺無病疏忽伊

上帝寄來無數擺消息

漸漸淹仔春夏秋冬中

漸漸淹仔日常食穿中

漸漸淹仔自我中

最後撒旦接手寄來消息

屈服

頂真看待伊

毋甘願

彼條轉去的路煞變遠路

最後徘徊仔病房成做幽魂

佇2022.12.22

歸來

踩著Tiffany的春光

在那盎然的呼吸中

就這樣無邊無際地展開

你的目光是否停駐

嫣然燦笑明媚招展

多少孺慕的愛

在牽你的手中

牽你的手邁向未來

牽你的手勇往向前

望向那春光

望向那燦爛

回首

再牽你的手

在繁花滿目中

歸來

於2021.03.26

轉來

踏著Tiffany的春光

佇有力的呼吸中

就按呢無邊無際展開

你的目睭停落來金金相

燦爛的笑容開花

有偌濟愛慕

佇牽你的手的時

牽你的手行向未來

牽你的手勇敢向前

看向彼春光

看向彼燦爛

翻頭

閣牽你的手

佇春花滿園中

轉來

佇2021.03.26

拖鞋返家

樓梯口的散亂
拖鞋無辜盼望
那個遺棄它的主人
匆忙間的遺忘
是否在返家的一刻
記憶甦醒
那曾經擁有的溫暖

將鞋頭往內
整齊擺放
靜靜等待
那個疲憊的身軀
歸巢的心
沒有寂寞
只是等待

開門聲劃破空寂
拖鞋不再沉睡

笑臉迎接倦鳥

再一次的擁抱

熱情在彼此之間擴散

等待有了意義

於2016.12.06

淺拖轉去厝

樓梯口散亂一片
淺拖無辜咧向望
彼放揀伊的主人
一時趕狂袂記得
是毋是佇轉去的一時
記持醒來想起
彼捌有的溫暖

將鞋頭向內
整齊排好
恬恬聽候
彼个疲勞的身軀
歸岫的心
無孤單
只是等待

開門聲劃破空寂
淺拖醒來

笑面迎接歸岫的鳥隻
閣再一次相攬
熱情佇彼此之間擴大
等待總算有意義

佇2016.12.06

死神的誘惑

初始誘惑毫無知覺

美酒佳餚滿腹

再次誘惑無痛無癢

手機追劇通宵

不斷的誘惑在上演

主角獨自沈醉

死神的嘴角上揚

勝利的號角響起

不肯妥協的主角

稍微認真面對誘惑

這場拔河終定輸贏

死神笑看對手

贏得理所當然

對手至終未明輸的理由

於2022.12.12

死神的引誘

一開始的引誘一點仔都無知覺

美酒佳餚一腹肚

再次的引誘無要無緊

手機追劇通宵

不斷的引誘咧演出

主角獨一人沈醉

死神的喙角翹翹

勝利的號角響起

毋肯妥協的主角

小可認真面對引誘

這場揆大索總算有輸贏

死神面笑笑看對手

贏甲理所當然

對手到今猶毋知輸去的理由

佇2022.12.12

逆途

Onn-inn！Onn-inn！
聲聲劃破寂靜
一場道路競逐上演
順途或者逆途
也許你急著回家
也許你快要遲到
也許你只是不想讓
但我卻一定要贏
不願做個OHCA[1]那具軀體
只願過著有血淚的人生
這場偶遇的街頭緣分
離開了即不再擁有
但我仍深深感謝你的禮讓
Onn-inn！Onn-inn！
命定的緣分再啟動
順途或者逆途

於2021.12.20

---

[1]　OHCA（Out of Hospital Cardiac Arrest）到院前心肺功能停止。

逆途

Onn-inn！Onn-inn！

聲聲刺破恬靜

一場道路的競賽上演

順途抑是逆途

凡勢你急欲轉去

凡勢你咧欲遲到

凡勢你只是無欲相讓

毋過我一定欲贏

毋願意OHCA的彼个身軀

甘願過有血有目屎的人生

這場相拄的街頭緣分

離開以後就袂閣再有

毋過我猶原深深感謝你相讓

Onn-inn！Onn-inn！

命定的緣分閣再出帆

順途抑是逆途

佇2021.12.20

倒數

午夜鈴聲向你告別

電波傳達一種眷戀

血壓在倒數

心跳在倒數

漸漸休息的心

曾經的旖旎繾綣

曾經的恨與仇

在直線的心電圖中

逐漸歸零

總是說

願為你倒數

也不忍你成為倒數的人

違背誓言的我

是否得到原諒

也許思戀就如明晨露珠

陽光一來就消散了

於2021.12.08

倒頭算

半暝鈴聲共你告別

電波傳達一種思戀

血壓咧倒頭算

心跳咧倒頭算

漸漸休息的心

捌有的情意綿綿

捌有的怨恨情仇

佇直線的心電圖中

慢慢歸零

總是講

願意為你倒頭算

也不忍心你成做倒頭算的人

違背咒誓的我

是毋是會當得著原諒

凡勢思戀就像早起的露水

日頭一出來就消失去

佇2021.12.08

最後的一堂課

小時候爸爸媽媽教過我

很多很多功課

長大後老師教過我

很多很多功課

出社會後為了成長

要上很多很多功課

聰明的我上完一課又一課

志得意滿躊躇滿滿

以為可以笑到最後

豈知這最後的一堂課

太深奧太難懂

弄懂的人太少

這樣的事實太令人難接受

想問問有多少人

可笑著上完這最後的一堂課

於2022.12.29

最後的一堂課

細漢的時阿爸阿母教過我

真濟真濟的功課

大漢了後老師教過我

真濟真濟的功課

出社會了後為著成長

愛上真濟真濟的功課

聰明的我上過一課又閣一課

奢颺鬜俳滿面春風

掠準會當笑到最後

啥知這是最後的一堂課

傷深傷歹捌

捌的人傷少

這个事實真歹予人接受

想欲問到底有偌濟人

會當笑甲上完最後這堂課

佇2022.12.29

多麼痛的領悟

是一種陰謀

是一個野心

當惡魔從破口衝出

有如猙獰的野火

從長江大壩到自由女神的火把

從艾菲爾鐵塔到非洲草原

老人用他脆弱的生命去抵抗

小孩用他的哭泣去控訴

史懷哲也無奈

這場戰爭讓人領悟

是多麼的痛

於2022.11.11

遮爾疼的領悟

是一種陰謀
是一个野心
當惡魔對破口衝出
親像惡魔的野火
對長江大壩到自由女神的火把
對艾菲爾鐵塔到非洲草埔
老人用伊脆弱的性命去抵抗
囡仔用伊傷心的目屎去控訴
史懷哲也無奈
這場戰爭予人的領悟
是遮爾仔疼

佇2022.11.11

牽手情

越過病床欄杆的阻隔
牽手
我手心的熱度
告訴你　我的老伴
我一直的陪伴
黑髮白首不相離

多少年
一起同沐日月星辰
多少年
一起呼吸這片空氣
多少年
相濡以沫
多少年
纏綿悱惻
多少年
牽手入夢中

怎奈何
這隻病毒太惡劣
生生欲將我倆分離
牽著你逐漸變冷的手
手心的溫度不再
閉上雙眼
只留住腦海中
你的倩影
生生世世

於2020.02.20

牽手情

髏過病床欄杆的阻擋
牽手
我手心的熱度
共你講　我的老伴
我一直咧陪伴
烏髮白頭袂相離

偌濟年來
同齊淋著日月星光
偌濟年來
同齊呼吸這片空氣
偌濟年來
互相相楗
偌濟年來
甜蜜纏綿
偌濟年來
牽手入夢中

奈何

這隻病毒傷惡毒

強欲將咱分離

牽著你慢慢變冷的手

手心的溫度不再

双目瞌瞌

留佇腦海中

只有你的形影

生生世世

佇2020.02.20

祝福

靜默的空間

是否被拋棄了

頭昏眼花

涕泗縱橫

喉如刀割

全身似被車碾

孤獨寂寞啊！

第一通電話

你好！你的信用卡被盜用

第二通電話

你好！你的健保卡異常使用

第三通電話

你好！你的電訊費未繳，即將……

第四通電話

你好！我們有優惠利率，你可貸款……

無數通電話……

最後一通電話

你好！我們來關心你確診後健康狀況

涕泗再次縱橫
原來人間還是有溫暖
我得到了滿滿祝福

於2022.12.21

祝福

恬靜的空間

是毋是被放捨

頭眩目暗

目屎四淋垂

嚨喉若刀割

全身若予車軋

孤獨寂寞啊！

第一通電話

你好！你的信用卡被盜用

第二通電話

你好！你的健保卡異常使用

第三通電話

你好！你的電訊費未繳，直欲……

第四通電話

你好！阮有優惠利率，你會使貸款……

無數通電話……

最後一通電話

你好！阮來關心你確診了後的健康狀況

目屎再次四淋垂
原來人間猶是有溫暖
我得著滿滿的祝福

佇2022.12.21

永保安康

雨等不到春天
逐漸滂沱
繁花等不到春天
逐漸落盡
人類等不到春天
逐漸瘋狂
病毒猖狂了
喪屍復活了
末世來臨了
地球腐敗了
通往宇宙的飛船
衝破寒冷黑暗
迎著光的旅程
搭不上的人
只能祈求
南丁格爾是否復生
永保安康

於2022.05.12護士節

永保安康

雨等袂著春天
慢慢落大
繁花等袂著春天
慢慢落盡
人類等袂著春天
慢慢起痟
病毒發狂
屍體復活
末世來臨
地球毀滅
通往宇宙的飛船
衝破寒冷烏暗
迎向光的旅程
坐無著車幫的人
干焦會當祈求
南丁格爾復活
永保安康

佇2022.05.12護士節

病毒下的藍天

烏雲遮蔽了藍天

陽光躲藏了

月亮不見了

星星失蹤了

太空人企圖防止

缺乏防護的人恐慌徬徨

笑容逐漸遠離

笑語消失在空間

遙望天空的人們

殷殷期盼

病毒下有藍天

人們再一次披上陽光

於2022.11.28

病毒之下的藍天

烏雲遮去藍天

日頭光覕起來

月娘無看見

天星失蹤去

太空人想欲防止

欠缺防護的人驚惶無助

笑容漸漸遠離

笑語消失佇空間

遙望天頂的人

金金相

病毒之下猶有藍天

人閣再一擺披一重日頭光

佇2022.11.28

吶喊

吶喊吧！吶喊

將你的嘴裂成巨盆

將你的聲音

用你來自肺臟底層的推力

敲響這個空洞的世界

將你的意志

拉出腦中深處

讓它在空中飛盪

整個空間

整個天地

整個宇宙

吶喊吧！吶喊

沉默是你的選擇

不是你必然的接受

吶喊吧！吶喊

打破威權的束縛

打破傳統的不平
打破情感的羈絆

吶喊吧！吶喊
盡情吶喊
用你最狂野的
赤裸裸的呈現

於2017.06.15

喊喝

喊喝啦！喊喝
將你的喉裂成大盆
將你的聲音
用你來自肺臟底層的推揀力
損響這个空洞的世界
將你的意志
摸出腦中深處
予伊佇空中飛
規个空間
規个天地
規个宇宙

喊喝啦！喊喝
恬靜是你的選擇
毋是你必然的接受

喊喝啦！喊喝
拍破威權的束縛

拍破傳統的不平
拍破情感的縈纏

喊喝啦！喊喝
盡磅喊喝
用你上狂野的
無掩崁的呈現

佇2017.06.15

急診室沒有春天

今天覺得很黑

夜如泥沼

濃墨無法撥開

不夜城裡沒有日月

戰爭在沒有硝煙中展開

必勝的決心不能撼動

烏雲籠罩在死陰幽谷

死神如禿鷹般凝視

挑釁不斷上演

信任展翅漸漸遠離

只期待當陽光破窗

春天再一次拜訪

於2022.07.11

急診室無春天

今仔日感覺真烏
夜若漉糊糜
厚墨撥袂開
不夜城裡無日月
戰爭佇無硝煙中展開
必勝的決心袂當撼動
烏雲罩佇深山幽谷
死神若禿鷹金金相
起無空不斷上演
信任展翅漸漸飛遠
只期待日頭破窗
春天再一次拜訪

佇2022.07.11

名醫症候群

午夜的醫院長廊
昏暗的燈光下
有個故事在醞釀
他望著遠處絕塵的車燈
腳步踽踽有點茫然
細數多少個無法回家晚餐的日子
他是個名醫
他醫術超群
重症的
輕症的
無病的
他可以提供對症下藥
他可以提供心靈慰藉
甚至只是看一眼
人家稱他華陀再世
門診擁擠等待的患者
忘了時間的移動
忘了名醫逐漸斑白的頭髮

忘了名醫眼底的烏青
忘了名醫腰已駝
只要名醫給的
即使是清水更勝仙丹
名醫忽然羨慕起那群慕名而來的人
心裡想著自己是否有機會
尋一個名醫來治療
他的名醫症候群

於2022.11.11

名醫症候群

半暝病院的長廊

昏暗的燈下

有故事咧醞釀

伊看向駛遠去的車燈

跤步孤單有一點仔茫茫

有偌濟無法度轉去食暗頓的日子

伊是一个名醫

伊醫術超群

重症的

輕症的

無病的

伊會當對症落藥

伊會當提供安慰

甚至只要看一目

人講伊是華陀再世

門診實實等待的患者

袂記得時間的徙動

袂記得名醫漸漸白去的頭毛

袂記得名醫目睭下的烏青
袂記得名醫的腰已彎去
只要是名醫開的藥仔
準講是白滾水也勝過仙丹
名醫忽然欣羨彼群慕名而來的人
心裡想家己是毋是有機會
揣一个名醫來治療
伊的名醫症候群

佇2022.11.11

月夜獨行

我在月夜獨行

我追尋月亮的光芒

月亮追尋我的影跡

在渡過黑水後

在越過烏山後

燦爛一地

怦然心動

回首來時路

只是一個走跳江湖

孤獨一身的靈魂

在拼鬥中舔血

在刀下求生

在漫漫長夜中

走出一條英雄路

卻無法走出寂寞的月夜

於2020.01.01

月夜獨行

我佇月夜獨行

我走揣月娘的光

月娘走揣我的影跡

渡過烏水了後

远過烏山了後

燦爛一片

心頭振動

回頭看來時路

只是一个走跳江湖

孤獨一身的靈魂

佇拼鬥中舐血

佇刀下求生

佇漫漫長夜中

行出一條英雄路

煞無法度行出寂寞的月夜

佇2020.01.01

名人症候群

一生拼鬥一世名

輸不在他的字典

他傲世獨立睥睨一切

別人的謙卑他視為當然

當病魔來拜訪

死神也蠢蠢欲動

他終於認識一點失敗的滋味

於是

醫院高層給予足夠關懷

病理科放射科內科外科

似乎齊聚心力

又各自為政

在角逐中得到不令人滿意的決定

他也在大家心照不宣中

得到似乎最佳的治療

但他的名人症候群

卻成沈疴

於2022.11.30

名人症候群

一生拍拼一世名

輸字無佇伊的字典

伊傲世獨立無視一切

別人的謙卑伊當做是當然

當當病魔來拜訪

死神也心內攃攃

伊總算認捌一點仔失敗的滋味

所致

病院高層予伊真好的關懷

病理科放射科內科外科

齊心合作

又各自為政

佇競賽中得著無啥滿意的決定

伊佇逐家心內有數中

親像得著上好的治療

毋過伊的名人症候群

煞已經成沈疴

佇2022.11.30

徐志摩住院中

你輕輕地離別

不帶走一片雲彩

我微微睜著的眼眸

總帶著濃濃的情意

那年

榕園樹下的你儂我儂

醉月湖畔的甜言蜜語

有如飄揚的風箏

牽扯著你我的心

讓我詩興大發

書寫著篇篇絕美佳句

如今枯槁的我

寫不出美麗的雲彩

作別了乍現的彩虹

和妳轉身離去的身影

我忽然忘記了

我曾經是徐志摩

於2022.11.20

徐志摩躑院中

你輕輕離別

無帶走一片雲彩

我微微褪開目睭

總是帶著厚厚的情意

彼年

榕仔跤的糖甘蜜甜

醉月湖邊的甜言蜜語

親像飛懸的風吹

牽挽你我的心

予我詩心大發

寫出篇篇絕美佳句

如今枯焦的我

寫袂出美麗的雲彩

作別突現的虹

和妳越頭離開的身影

我突然袂記得

我曾經是徐志摩

伃2022.11.20

禁忌的愛

不必然正負

不必然凹凸

不必然○╳

不必然是非

正正負負

凹凹凸凸

○○╳╳

是是非非

可以是摯愛

可以相守一輩子

黑與白何必執著

彩虹依然存在

也許可以不必被認同

但希望得到尊重

別人眼中禁忌的愛

仍應被珍惜

於2022.12.12

禁忌的愛

不必然正負

不必然凹凸

不必然○✕

不必然是非

正正負負

凹凹凸凸

○○✕✕

是是非非

會使是至愛

會使守一世

烏抑是白兔執著

虹依然存在

凡勢會使免被認同

毋過希望得到尊重

別人目中禁忌的愛

猶原應該受著珍惜

佇2022.12.12

重生

經歷千年的淬煉
孤寂歲月的等待
只盼再一次重逢
翩翩而來的你
看我用著陌生的眼眸
我心中的律動
喚不起你的激情
你匆匆一眼
注定我再一次的千年
如果重生讓你忘記
我寧願與你同行
陪你生生世世
不願等候千年又千年

於2022.11.06

重生

經歷千年的淬煉
孤寂歲月的等待
只望再一次重逢
翩翩而來的你
看我用生份的眼神
我心內的律動
喝袂醒你的激情
你匆匆一个目神
注定我再一次的千年
假使重生會予你放袂記
我甘願佮你同齊行
陪你生生世世
毋願等候千年又閣千年

佇2022.11.06

謝謝你愛過我

花開了　你來看我
片片花瓣寫著愛我
風起了　你來看我
在風中呼喊著愛我
下雨了　你來看我
雨聲中聽不到愛我
絕塵的車尾燈
消失在轉角
我的直線裡
終究找不到你的愛情
分別了
風中雨中聲聲中
謝謝你愛過我

於2022.08.24

感謝你愛過我

花開　你來看我

一片一片的花瓣寫愛我

風起　你來看我

佇風中呼喊愛我

落雨　你來看我

雨聲中聽袂著愛我

遠去的車尾燈

消失佇轉角

我的直線裡

終其尾揣袂著你的愛情

分別後

風中雨中聲聲中

感謝你愛過我

佇2022.08.24

海與月的愛戀

在銀河星光下邂逅

我的溫柔遇見你壯闊的胸膛

開啟愛戀的痕跡

黑暗的夜色

獨有你眼眸的光

照亮我眼前的大地

我的臉逐漸開朗光亮

輕輕吻上你

我們如此愛戀

也許天長地久也不足

當離別不是選擇題

是一種無奈的事實

思念化做一串串

忽明忽暗的藍眼淚

記載這段曾經的愛情

於2020.09.01

海佮月的愛戀

佇銀河天星之下相拄
我的溫柔拄著你厚厚的胸坎
開始愛戀的痕跡
烏暗的夜色
干焦你目睭的光
照光我目睭前的大地
我的面漸漸開朗光明
輕輕共你嗳
咱的愛戀
凡勢天長地久也無夠
當離別毋是選擇題
是一種無奈的現實
思念化做一串一串
閃閃爍爍的藍珠淚
記載這段過去的愛情

佇2020.09.01

飛在風中的愛

當落山風颳起
飄盪在風梢的愛情
寫在國境之南的礁岩
隨著海浪呼喚
遠離的愛人
是否聽到
南岬的林投林中
林投姊的眼淚尚未枯
我穿梭在林中
尋找我的愛情
怎知得到滿身創傷
當風再一次落下
廣闊的草原上鷹揚遠去
只有梅花鹿奔馳而過的身影
刻在風中的愛情
逐漸飄渺
回首遠方

彩虹乍現
我心再一次啟程

於2020.12.12

飛佇風中的愛

當落山風吹起

漂浪佇風尾的愛情

寫佇國境之南的岩礁

綴海浪呼叫

遠去的愛人

敢有聽著

南岬的林投林中

林投姊的目屎猶未焦

我佇林中軁來軁去

走揣我的愛情

啥知拚甲大空細裂

當風再一次吹落

曠闊的草埔鷗鵭飛遠去

只有梅花鹿走過的身影

刻佇風中的愛情

漸漸飄遠

回首遠方

虹突然现身
我的心再一次出帆

伫2020.12.12

默默

在妳唇上打卡的是我
是愛的印記
最愛　醉愛
永不清醒
是妳　是我
無關來生約定
今生未了

於2022.02.06

恬恬

佇妳的喙唇拍卡的是我
是愛的印記
最愛　醉愛
永遠袂清醒
是妳　是我
無關來生的約定
今生未了

佇2022.02.06

飄香

是誰在空中漫舞

逐漸誘惑

是誰在夜空中散佈氣息

慢慢鼓動寂寞

在夏天的鼓譟中

操弄著喧嘩

車水馬龍

她卻如此自在遊蕩

不肯為誰停下腳步

越來越揚

在這深夜中

於2022.01.01

飄香

是啥佇空中跳舞
漸漸引誘
是啥佇夜空傳佈氣息
慢慢鼓動寂寞
佇熱天的鼓吹
操弄喧嘩
車水馬龍
伊如此自在遊踅
毋肯為啥人停跤
愈來愈風神
佇這深夜

佇2022.01.01

獨

昨夜北風輕輕吹動
它飄然落入凡塵
獨啜朝露一瓢
靜等待有緣人
自遠方而來
不再孤獨

於2019.11.04

獨

昨暝北風輕輕吹動
伊飄然落入凡塵
獨自呷朝露一甌
靜靜等待有緣人
自遠方而來
不再孤獨

佇2019.11.04

祈喜

妳的到來悄然

在我無數的期望和失望中

有一天

喜悅的眼淚盈眼眸

上揚的嘴角掛著忐忑

終於

妳翻翻身宣示主權

得到我細心呵護

妳在拳打腳踢中茁壯

幻想在腦中跳躍

曾經有許多期許

空幻逐漸消融

只剩下唯一

喜悅

於2022.03.12

祈喜

妳來無聲無說

佇我無數的期待和失望中

有一工

歡喜的珠淚規目箍

微笑的喙角掛著不安

終其尾

妳翻身宣示主權

得到我細膩的守護

妳佇拳頭母中大漢

幻想佇腦中趒跳

捌有真濟期待

空想漸漸消蝕

只賰唯一

歡喜

佇2022.03.12

迎

在欒樹燦爛的時節
妳翩翩到來
以妳最大的肺活量
告知妳的到來
秋天陽光的艷紅
追不上妳臉上的酡紅
我的心因妳怦然
宇宙中一心追隨
唱首歌致意妳的到來
圓滿了我的人生
從此有了羈絆
即使負擔也是一種甜蜜

於2022.11.17

迎

佇苦楝舅燦爛的時節
妳輕輕來到
用妳上大的肺活量
宣告妳來到
秋天日頭的光艷
逐袂著妳面裡的紅霞
我的心因妳咇噗跳
佇宇宙中一心追隨
唱一首歌致意妳來到
圓滿我的人生
從此有了縈纏
準講是負擔也是甜蜜

佇2022.11.17

母親的抉擇

是誰把上帝的傑作弄壞了

讓母親的期待落空

愁思鎖上她的心頭

眉間化不開的結

別人的同情與奚落

別人的建議在耳旁環繞

手中幼小的生命無知

如貓叫的哭聲

隨風飄蕩在她的心頭

似有一種情愫在呼喚

也許放棄是一種勇氣

承擔不是只有責任

只是心中堅定

不是抉擇

因為她是媽媽

於2022.05.08

母親的選擇

是啥共上帝的傑作弄歹去
予母親的期待失落
憂愁鎖佇伊的心肝頭
目眉間是化袂開的結
別人的同情和供體譬相
別人的建議佇耳邊轉踅
手內紅紅幼幼的生命無知
若貓咧叫的哭聲
綴風飄浪佇伊的心頭
若像有一種情愫咧呼喚
凡勢放棄是一種勇氣
承擔毋是只有責任
只是心中堅定
毋是選擇
因為伊是母親

佇2022.05.08

被上帝遺忘的天使

打個盹的上帝忽然驚醒

祂忘了給她正常的四肢

祂忘了給她健康

祂忘了給她完整的心智

愧疚的上帝下個決定

給她一個偉大的媽媽

無休的細心照顧

輕輕溫柔的聲音

撫慰她空乏的心靈

疲憊憔悴的身體

有著堅定的心

慈祥的眼神充滿愛

媽媽說

上帝送來一個天使

照亮我的人生

她不是上帝遺忘的天使

於2022.11.30

予上帝袂記的天使

盹龜的上帝突然驚醒

祂袂記予伊正常的四肢

祂袂記予伊健康

祂袂記予伊完整的心智

虧欠的上帝下一个決定

予伊一个偉大的媽媽

無休細膩照顧

輕輕溫柔的聲音

安慰伊欠缺的心靈

疲勞枯焦的身軀

有堅定的心

慈祥充滿愛

媽媽講

上帝送來一个天使

照光我的人生

伊毋是上帝袂記的天使

佇2022.11.30

娘的味道

在淒冷的雨夜徘徊

思念是一種難割捨的堅持

風鈴聲兀自放肆誘惑

嬰孩時的乳香味

放學後的飯菜香

似乎已遙遠不在

病房中的藥水味

香煙繚繞的味道

仍清晰在身邊

娘的味道卻越來越飄渺

在齒搖髮禿時

只想說

娘！想您了

於2022.07.07

阿娘的味

佇淒冷的雨夜徘徊

思念是一種難割捨的堅持

風鈴聲猶是放肆引誘

紅嬰的時的奶芳味

放學了後的飯菜芳

若像已經真遙遠

病房中的藥水味

薰徘迴的味

猶清清楚楚佇身邊

阿娘的味煞愈來愈遙遠

佇喙齒落頭毛禿去的時

干焦想欲講

阿娘！我想妳囉

佇2022.07.07

尋覓

戰爭就如地震

在無預警中展開

警報聲中

移動的腳步趕不上

追趕而至的變故

太陽被遮掩了

月亮褪色了

星星不見了

只餘來不及的腳步聲

啪啪啪零亂著

政客發動炮彈

尋覓他的野心

戰士扛起槍桿

尋覓國家的勝利

孩子遠離家園

尋覓一塊淨土

遙望星空的人們

尋覓暗淡星芒下的和平

在隱隱約約中

於2022.05.10

走揣

戰爭若像地動

無預警中展開

警報聲中

徙動的跤步趕袂赴

趕來的變故

日頭被掩崁

月娘褪色去

天星無看見

只賰袂赴的跤步聲

啪啪啪的聲散亂

政客發動炮彈

走揣伊的野心

戰士扛起銃

走揣國家的勝利

囡仔遠離家園

走揣淨土

遙望星空的人

走揣暗淡天星之下的和平
佇閃閃爍爍當中

佇2022.05.10

慟

戰火如地獄中的彼岸花

吸引目光的豔麗

是一種不可忽視的致命

一方說我要取得決定性勝利

一方說我將抵抗到底

一方說我將傾力支援

於是

子彈飛彈核彈

不是政治家的籌碼

不是無辜人類的選擇

它是廢墟上的烙痕

是生命的劊子手

是倖存老嫗的傷痛眼淚

戰火猖狂囂張有時盡

眼淚已乾枯

心慟成永恆

於2022.10.15

慟

戰火若地獄的彼岸花

噬人目光的豔麗

是袂當忽視的致命

一爿講我欲取得決定性的勝利

一爿講我欲抵抗到底

一爿講我會全力支援

所至

銃籽飛彈核彈

毋是政治家的籌碼

毋是無辜人類的選擇

伊是廢墟的傷痕

是性命的劊子手

是倖存阿婆的傷疼目屎

戰火猖狂罵俳有時盡

目屎已經焦

哀慟成永恆

佇2022.10.15

返家

藍天黃土是一種信念

更是一種堅持

承載的是子子孫孫的寄望

我有不能輸的堅強

扛起槍捍衛我的尊嚴

即使你帶著野心的子彈

無情地毀壞我的家園

傷害我的家人

在這決絕的時刻

退縮已不是我的本能

孩子！你問我

何時返家？

我沒有答案

當藍天再一次綻放

當黃土成為淨土

當不再有侵略的子彈

當尊嚴已被捍衛

我就回應你殷殷期盼

於2022.03.08

轉來厝

藍天黃土是一種信念

更加是一種堅持

承受的是子子孫孫的寄望

我有袂當輸的堅強

扛起銃保衛我的尊嚴

準講你帶著野心的銃籽

無情毀滅我的家園

傷害我的親人

佇這決定性的時刻

勼退已經毋是我的本能

囝啊！你問我

佇當時轉來厝？

我無答案

當當天再一次變藍天

當當黃土成為淨土

當當不再有侵略的銃籽

當當尊嚴被護衛

我就會當回應你的向望

佇2022.03.08

世上的人們啊

世上的石頭比人多很多
卻選擇沉默
人們啊！
你為何如此吵雜？

世上的塵土比人走得更遠
卻選擇落腳
人們啊！
你為何總是漂泊？

世上的花比人美更美
卻如此謙虛
人們啊！
你為何如此自大？

世上的路如此彎曲
卻如此專一它的目的

人們啊！
你為何總是變卦？

世上的人們啊！
不要堅持你的固執
不要堅持你的傲慢
不要再如此嘮叨
不要再到處漂泊
你可以沉默
你可以落腳
你可以謙虛
你更可以專一啊！

於2017.07.24

世上的人啊

世上的石頭比人加真濟
煞選擇無話無句
人啊！
你為何遮爾吵雜？

世上的塵土比人行閣較遠
煞選擇歇跤
人啊！
你為何總是漂泊？

世上的花比人閣較媠
煞遮爾謙虛
人啊！
你為何遮爾自大？

世上的路遮爾彎彎曲曲
煞目標遮爾專一

人啊！
你為何總是變卦？

世上的人啊！
莫堅持你的固執
莫堅持你的傲慢
莫閣遮爾雜唸
莫閣再四界漂泊
你會使無話無句
你會使歇跤
你會使謙虛
你更加會使專一啊！

佇2017.07.24

王行

號角已響
戰馬蓄勢
槍尖光芒閃爍
王將啟程
后的淚在眼裡朦朧

大汗踏出營帳
踏出他命運的分叉點
也隨王后心隨王出征
在草原的盡頭奔馳
此去將揚威異域
功耀祖國

怎奈
號角不再奏出凱旋
槍尖光芒不顯
王不再馳騁沙場
只夢回祖國那鹿與狼

孕育之地
徘迴再徘迴
直到千秋萬世

於2017.07.24

王行

號角已響
戰馬已備
銃尖光芒閃爍
王欲啟程
王后的珠淚規目墘

大汗踏出營帳
踏出伊命運的分叉點
也隨王后心隨王出征
佇草埔的盡頭奔走
此去會揚威異域
功耀祖國

奈何
號角無閣奏出凱旋歌
刀尖光芒不顯
王無閣騎馬沙場
只夢回祖國的鹿伶狼

生養之地
徘迴閣再徘迴
直到千秋萬世

伶2017.07.24

月津燈火

月港的波光和燈火
在他的眼中閃爍
將整個天地照亮
夜的腳步在遠遠地方停住

朝琴漫步
在橋南那條記憶中
那個藝旦的美麗
在記憶中慢慢舞動

一聲一聲的打鐵聲
將老師傅的一生
刻在臉上和手上的斑點上
又刻在廚師的廚藝中
一聲　一生

那個喧嘩的人聲
喊破朝琴的記憶痕跡

只留橋南舊事
和月津燈火閃爍

於2017.02.04

月津燈火

月港的波光和燈火
佇伊的眼中閃爍
將規个天地照光
夜的跤步佇遠遠的所在停止

朝琴漫步
佇橋南彼條記持中
彼个藝旦的美麗
佇記持中慢慢舞動

一聲一聲的拍鐵聲
將老師傅的一生
刻佇面裡和手的斑點裡
又刻佇廚子師的廚藝中
一聲　一生

彼个喧嘩的人聲
喊破朝琴的記持痕跡

只留橋南舊事
和月津燈火閃爍

佇2017.02.04

眉毛疏了

有一天鏡子忽然清晰

一個眉毛稀疏的人

在鏡中眨著下垂的眼皮

抬頭紋在眉間凝結

她乾黃灰白半禿的頭髮

遮掩著溝渠分明的皺紋

還是擋不住歲月

忽然嘴角微微上翹

笑容在深深的法令紋旁展開

媚惑眾生

鏡中人妖嬈轉身

啊！

原來青春還在

只是眉毛疏了

於2021.06.20

目眉毛疏疏

有一工鏡突然清楚
一个目眉毛疏疏的人
鏡內下垂的目睭皮眨眨瞤
頭額紋佇目眉間拍結
伊焦黃殕色半禿的頭毛
遮掩涵溝分明的皺紋
猶是擋袂牢歲月
突然喙角微微翹起來
笑容佇深深的法令紋邊展開
媚惑眾生
鏡中人妖嬌轉身
啊！
原來青春猶佇咧
只是目眉毛疏疏

佇2021.06.20

昨夜夢

午夜的時空

夢在徘徊

隨著汗滴下的空白

在真實與虛空中

來不及抓住的印象

在鐘擺上搖晃

露珠滴落在玫瑰花瓣

彷彿精靈的舞步

夜空中閃爍

星星的眼睛

夢已漸漸迷失

在昨夜

於2020.06.07

昨暝夢

半暝的時空

夢咧徘徊

綴著汗滴落的空白

佇真實和虛空中

袂赴掠的印象

佇鐘擺搖搖晃晃

露珠滴落玫瑰花瓣

彷彿精靈的舞步

佇夜空中閃爍

天星的目睭

夢已經漸漸迷失

佇昨暝

佇2020.06.07

微粒

只不過是塵埃中的微粒
只不過風中的那微風
只不過雲海中的一片輕雲
只不過繁花中的一朵小花
只不過滿片綠葉中的一片落葉
只不過蝶群中的那片煽動的翅膀

蝶翼撲閃成風
綠葉跌落成毯
繁花落盡化作春泥

於2020.10.10

块埃

只不過是塵埃中的块埃
只不過是風中的微風
只不過雲海中的一片輕雲
只不過繁花中的一蕊小花
只不過滿片綠葉中的一片落葉
只不過蝶群中的彼片煽動的翼

蝶翼煽動成風
綠葉落落成毯
繁花落盡化作春泥

佇2020.10.10

依然

忘記快樂放在那兒

一個禁錮的靈魂

在找尋它的出口

茫然的眼神在宣示甚麼

很久了　羞澀不再

接受沒有　只是漠然

一顆越來越堅硬的心

依然跳動著不規律

好像有一個記憶在醞釀

來自久遠的時空

娘親的孺慕之音

越來越清晰

阿爹有力的肩膀支撐

幼年的依靠

也許

在夢裡會回去

那包尿布的歲月

笑顏依然在

於2021.09.06

猶原

袂記快樂园佇佗位

一个監禁的靈魂

咧走揣伊的出口

愣愣的眼神咧宣示啥物

真久囉　袂閣歹勢

接受無　只是冷淡

一粒愈來愈硬的心

猶原無規律咧跳動

親像有一个記憶咧醞釀

來自久遠的時空

阿娘惜囝的言語

愈來愈清楚

阿爹有力的肩胛頭

細漢時的倚靠

凡勢

佇夢裡會轉去

彼包尿苴仔的歲月

笑容猶原佇咧

佇2021.09.06

背影

循光而行
迎接璀璨與光明
腳一步一步走出
曾經的霸氣
征服異鄉

背行而去
這美麗的背影
瀟灑一回
回眸一瞬
邁向一片江湖

於2022.09.17

背影

綴光而行
迎接璀璨和光明
跂一步一步踏出
捌有的霸氣
征服異鄉

背行而去
這美麗的背影
瀟灑一回
回頭一瞬
行向一片江湖

伫2022.09.17

含笑詩叢23　PG2941

 回家
　　——戴錦綢詩集

作　　者	戴錦綢
責任編輯	廖啟佑
圖文排版	陳彥妏
封面設計	吳咏潔

出版策劃	釀出版
製作發行	秀威資訊科技股份有限公司
	114 台北市內湖區瑞光路76巷65號1樓
	電話：+886-2-2796-3638　傳真：+886-2-2796-1377
	服務信箱：service@showwe.com.tw
	http://www.showwe.com.tw
郵政劃撥	19563868　戶名：秀威資訊科技股份有限公司
展售門市	國家書店【松江門市】
	104 台北市中山區松江路209號1樓
	電話：+886-2-2518-0207　傳真：+886-2-2518-0778
網路訂購	秀威網路書店：https://store.showwe.tw
	國家網路書店：https://www.govbooks.com.tw
法律顧問	毛國樑　律師
總 經 銷	聯合發行股份有限公司
	231新北市新店區寶橋路235巷6弄6號4F
	電話：+886-2-2917-8022　傳真：+886-2-2915-6275

出版日期	2023年7月　BOD一版
定　　價	200元

讀者回函卡

國家圖書館出版品預行編目

回家:戴錦綢詩集 / 戴錦綢著. -- 一版. --
臺北市:釀出版, 2023.07
　　面;　公分. -- (含笑詩叢;23)
　BOD版
　ISBN 978-986-445-821-9(平裝)

863.51　　　　　　　　　　112008192